LA LEVÉE

D'OCTOBRE 1870

PAR

ANTONINE PERRY BIAGIOLI

PARIS

E. LACHAUD, LIBRAIRE-EDITEUR

4, PLACE DU THÉATRE-FRANÇAIS, 4

—

1872

LA LEVÉE

D'OCTOBRE 1870

PARIS

IMPRIMERIE D. JOUAUST

RUE SAINT-HONORÉ, 338

LA LEVÉE

D'OCTOBRE 1870

PAR

ANTONINE PERRY BIAGIOLI

 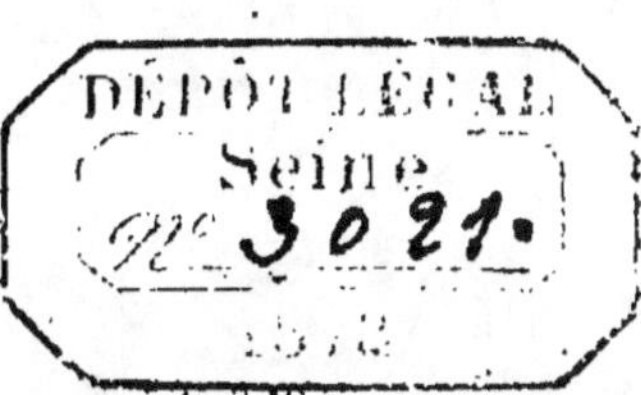

PARIS

E. LACHAUD, LIBRAIRE-ÉDITEUR

4, PLACE DU THÉATRE-FRANÇAIS, 4

1872

A NOS SŒURS

ALSACE ET LORRAINE

LA LEVÉE

D'OCTOBRE 1870

Eh bien, mère, voilà que vous pleurez encore ?
Voyons, regarde-moi : ça n'a pas de raison !
Tous les jours on s'en va, l'on quitte la maison,
On se dit au revoir, pour longtemps … on l'ignore.

Mais quoi ! celui qui part regarde devant lui ;
Il voit le soleil clair, au loin la route blanche,
Et demain qui sera différent d'aujourd'hui,
Et, s'il a le cœur gros… bast ! il chante en revanche.

Qu'à la fin, le regret le tirant par la manche,
Il se retourne, prêt à rebrousser chemin :
Déjà le soir tranquille au bord des champs se penche,

Et la maison est trop loin.

Rappelle-toi ces fils des histoires anciennes
Que leur mère envoyait au combat sans faiblir,
En leur faisant jurer de vaincre ou de mourir.
Ces femmes-là, c'étaient de rudes citoyennes !
Je sais bien, tu réponds que cela t'est égal,
Et que, si le bon Dieu qui permet les batailles
Voulait faire du monde un immense hôpital
Et des hommes vaillants de la chair à mitrailles,
Il n'était pas besoin d'arracher vos entrailles
Et de lui disputer tant de nuits vos enfants,
Pour les jeter un jour, déchirés et sanglants,
Sous les pieds des chevaux de ses rois triomphants.

— Je sais bien. Et pourtant, voici trois mois à peine,
Nous avons vu passer les soldats qui partaient ;
Ils nous disaient bonjour en riant et chantaient,
Croyant s'en revenir au bout de la semaine.
Les *autres* disaient d'eux : « les fous ! les étourdis ! »
Ces fous se sont battus là-bas un contre dix.
Devant eux se dressait toute une armée entière,

Ils se sont regardés; la France était derrière

Désarmée et n'ayant que leur faible barrière;

Ils étaient seuls. sans chefs, ils se savaient perdus,

Ils ont marché. Ceux-là… l'on ne les attend plus.

Le mois d'après, au temps où l'on fait la vendange,

Nous avons vu passer, par groupes isolés,

Des hommes à l'air fier sous leur costume étrange.

Quelques-uns, fatigués, s'assirent sous la grange,

Souriant aux enfants autour d'eux rassemblés.

A les voir, on eût dit des chasseurs de montagne.

Plusieurs contaient gaiement leurs projets de campagne

Tandis qu'on leur versait le vin blanc du pays,

Disant que, bien qu'on eût peu l'idée à la guerre,

Chez eux ils partiraient jusques aux plus petits;

Et que, seraient-ils tous demain couchés à terre,

Vingt mille autres viendraient ramasser leurs fusils.

Les plus âgés, ceux-là comptaient trente ans à peine,

Les écoutaient parler, graves, silencieux;

Et parfois, comme au soir le brouillard dans la plaine,

Un nuage montait de leur cœur à leurs yeux.

On les accompagna jusqu'au bout du village :
Et là, comme il voyait que nous ne disions rien,
Un, qui ne portait pas vingt ans sur son visage,
Te prit la main : « Allons, dites-nous bon voyage,
La mère. Vous prîrez pour moi : je suis chrétien !
Et puis, ne pleurez pas, que diable ! on en revient. »
Quand nous les eûmes vus, au sommet de la côte,
Longer les champs de vigne et, s'arrêtant au bois,
Agiter leurs chapeaux une dernière fois,
Triste, comme au moment qu'on vient de perdre un hôte,
Chacun s'en retourna ralentissant le pas
Pour les apercevoir encore entre les branches ;
Les femmes soupiraient, pensant à leurs mains blanches,
Et qu'eux aussi peut-être ils ne reviendraient pas.

— Aussi, puisque voilà que la loi nous enrôle,
J'ai hâte de partir à mon tour maintenant.
Aimerais-tu plutôt, tandis qu'en ce moment

Tous nos amis s'en vont le fusil sur l'épaule,

Que ton fils se cachât dans un coin lâchement?

Ou que, par sa faiblesse indignant leur courage,

Seul d'entre eux il montrât des larmes aujourd'hui,

Et les vît, devant lui détournant leur visage,

Sourire avec mépris? — Jean ne se plaint pas, lui;

Cependant ses enfants n'ont déjà plus de mère;

Les voilà trois qui vont rester seuls au logis

Et qui, s'il est tué, mourront dans la misère,

Puisque pour travailler ils sont tous trop petits.

— C'est toujours à ceux-là qui demandent à vivre

Que les boulets s'adressent en premier ! —

Quand il fut pour partir l'aîné voulait le suivre;

Il s'accrochait à lui, se laissant rudoyer.

Le pauvre homme, debout, l'œil creusé par la fièvre,

Caressait le dernier qu'il portait sur son bras,

Et, le regard perdu, pâle, mordant sa lèvre,

A ceux qui le plaignaient il ne répondait pas.

On sonna le départ et, la troupe étant prête,

On se mit en chemin, chacun gagnant son rang.

Et lui les a suivis sans détourner la tête,
Tandis que les petits l'appelaient en pleurant.

— Voyons, souris un peu, ça m'ôte le courage
De voir tant de chagrin sur ton pauvre visage.
Si quelques-uns s'en vont gaiement et résolus,
Moi je pense à demain où je n'y serai plus ;
Au vieux père sur qui pèsera tout l'ouvrage ;
A toi qui m'attendras, durant les jours d'hiver,
Interrogeant au loin le chemin découvert
Où la neige, en tombant, fait un morne silence ;
Ou bien suivant des yeux quelque oiseau sans abri,
Qui sur le vieux pommier un moment se balance
Indécis, et s'envole en jetant un long cri.
Je pense à l'an dernier, quand, à la nuit tombante,
On rentrait du travail et, posant les outils,
On s'asseyait devant la soupière fumante,
Tous trois, le cœur joyeux et d'un rien divertis.
Le feu clair pétillait mettant la chambre en fête,
Et l'on aurait fermé la porte au bon prophète

Qui se fût avisé d'attrister le logis.

Puis quelle joie encore aux danses du dimanche !

On se réunissait sous les grands marronniers,

Les gars enrubannés, portant la veste blanche

Et sur leur chapeau rond des grappes d'ébéniers ;

Les filles, le jupon bien serré sur la hanche,

En corset, découvrant le bras rond sous la manche,

    Et les anciens qui venaient les derniers.

Quel orgueil lorsque Rose, à mon bras suspendue,

Entrait fraîche et pimpante, attirant tous les yeux !

Et comme je tremblais, comme elle était émue

Quand, en valsant, ma joue effleurait ses cheveux !

Oui... malgré moi j'y pense, et tout ça me remue.

Pourtant, mieux vaut encor partir le sac au dos,

Et marcher de longs jours les pieds dans la poussière,

Et manger quand on peut, et coucher sur la terre,

    Et veiller des nuits sans repos ;

Mieux vaut, comme les loups qui vont à la curée,

Au milieu des boulets se ruer furieux,

Et du sang plein les mains, et du sang plein les yeux,

Tenir sous ses genoux, sombre et désespérée,

Une figure pâle et qu'on ne connaît pas,

Un homme que sa mère attend aussi là-bas,

Un homme comme vous, jeté dans la cohue,

Qui ne vous a rien fait, qui veut vivre... et qu'on tue !

Mieux vaut, lorsque la trombe infernale a passé,

Abandonnant les morts, les vivants, pêle-mêle,

Se réveiller sanglant dans le fond d'un fossé,

    Et frissonner sous le contact glacé

De quelque oiseau hideux qui vous frôle de l'aile.

Mieux vaut, dans le silence et dans l'obscurité

Où la clarté des nuits, comme un linceul jeté,

Plane sur tous ces fronts couchés parmi des armes ,

Mieux vaut, le cœur brisé, penser à tous les siens,

A tant d'espoirs perdus, tant de bonheurs anciens,

Et, sentant de ses yeux couler de grosses larmes,

Se dire que pourtant, eux, on les aimait bien,

Et que l'on meurt tout seul... et qu'ils n'en savent rien.

Oui, tout cela vaut mieux que de courber l'échine,

Et s'abaisser aux pieds d'un vainqueur insolent ;

De le voir, s'il vous trouve à le servir trop lent,

Comme un chien vous cingler du bout de sa houssine,

Sans pouvoir lui planter un pieu dans la poitrine ;

D'ensemencer pour lui, lui donner votre pain,

Votre place au foyer, votre toit, votre couche ;

Et lorsqu'à bout d'affronts, comme un levain farouche,

La haine se soulève et monte à votre bouche,

Dé le voir se dresser et, crachant le dédain,

Lâche, vous souffleter du revers de sa main.

Au moins si le bon Dieu, qui donne la victoire,

Nous abandonne, lui qu'on a tant délaissé ;

Dans le livre éternel, où rien n'est effacé,

S'il a marqué du doigt le temps expiatoire ;

Des vaincus d'autrefois réveillant la mémoire,

S'il veut faire au vainqueur racheter son passé,

Nous pourrons sans rougir porter notre défaite,

Et, sans crainte de voir qu'on rie à notre aspect,

Lorsque nous passerons désarmés et nu-tête,

Nous pourrons exiger que la foule s'arrête

Et se découvre avec respect.

— Allons, embrasse-moi, voilà qu'on me réclame.

Qui m'eût dit que c'était si dur de s'en aller !

Ça, vais-je pas aussi pleurer comme une femme ?...

En marche ! les boulets sauront me consoler.

Ah !... je voulais encor te dire quelque chose...

Quoi donc ? je ne sais plus. Attends... n'oubliez pas

De me faire écrire là-bas ;

Et puis... parlez de moi quelquefois avec Rose.

Dis-lui que je m'en vais avec son souvenir....

Et que je la retiens à la prochaine danse.

Il faudra bien, mordieu ! quelque jour en finir

Et que tous ces gueux-là me laissent revenir !

Allons... Adieu, la mère... adieu... Vive la France !

Bellevue, septembre 1871.

www.ingramcontent.com/pod-product-compliance
Lightning Source LLC
LaVergne TN
LVHW050300030726
842520LV00006B/2493